紺のしずく

内野里美
Satomi Uchino

文芸社

水泡が沸きたつ深い海の底で――

ウィンナー・コーヒー

冷気から
上がってきたところに
姿を現した

それは純粋に
ただ真っ白いものが
浮かんでいるだけで
飲むのがためらわれた

その間にも

生クリームは
ゆるゆると溶け込んでゆく

軽くひとさじ掬い拾う
ほのあたたかい甘味が
口中に広がる

残りは全てクルクルとかきまわして
熱い湯気の中へ
　　溶かしてしまった……

ライヴ

生きている空間が
揺れている瞬間

いつか車を走らせながら
人生の背景　再生・早送り
小雨雫が曇らせる　髪濡らす
すがすがしい濃い緑に同化した自分

落雷を浴びて
拳を振りかざし
眩しさに瞳を閉じることなく
真っ直ぐに向け続けるとき

——OH!　YEAH!!
——OH!　YEAH!!

――OH!　YEAH!!

虹が上がって薄い七つの光りが
終わりの静けさに
始まりの朝靄を思い返す

生まれてきたよ
明るい日差しの中で

飛び込んでいったよ
　七色のプリズム　――水面へ――

空気を胸いっぱいに吸い込んで
苦しくならないように
そっと　そっと
緩やかなカーブを描きながら

浮かび上がる　その前に
心に留めた風景がよみがえる

盛り上がる・気持ちが高鳴る
ドキドキする・鼓動が響く
天井を突き抜ける・熱くなる
空を握りしめる

Green Apple('s)

かみしめる程
涙が出てくるよ

そのすっぱさと
そのつやめきが

夜の散歩

夏の夜風がさらさらと
素肌に心地いい
サンダルをカタカタいわせながら
銭湯の暖簾をくぐる
湯上がりの火照った身体に
コーヒー牛乳を

カタカタいいながら
真夜中の街を駆け抜ける
シャッターが閉まっているのに
ひとりでおつかいに来たみたい

カタカタカタカタいいながら
気付けば　私は
——三日月下の公園に居た

ざらざらとしたコンクリートに
腰を下ろして
光を眺めていた

音づくり

私はピアノを弾く
すばらしい曲が生まれた
お風呂に入った
さっき作った曲を口ずさむ
湯気に包まれた
コン・コンと戸をたたく音がする
私はまだ出たくない

瞳を閉じている
どうか今だけ
浴室を取りはずして欲しい
私だけの異空間
——音の無い世界——
ライトも消している
気づくと自分の中にいる
湯と一体になっている
暗闇の中でゆらゆらと

自身の手を眺めていたはずが
おかしい　おかしくなっている
コン・コンと再び音がする
私は引き戻された
現実の外に出たかったはずが
現実の内の内の
中の奥深くの森林まで
私はピアノを弾きに行ってしまって
もう帰って来ないだろう

どんどん切っていく

船上にいる私たち
ある一部の地域から
切り離されて
ここまで辿り着いてきたけど
何にもない
迫ってくる陸に
自分からどんどん向かって行く人が
いるけど
　何を見てるの？
そっちに戻ってもしょうがない
あきらめてこっちに来なさい
手招きして呼び寄せたけど
　ケド・ケド・ケド
切ってくれる人がいなくて

喜んで帰って行ってしまった

場面 ――SCENE1――

振り返って
もとの場所に
向き直る
その長い
永すぎる瞬間まで
あなたは何を想っていたのでしょう
歩まずにいられない
道ならば
Ah. その前に
　その前に……
私に背を向けないで
私がドアノブに手を掛け
パタン・と音がするまで

場面　——SCENE2——

鼻先をかすめる匂いは
未だ不透明で
毛布を頭まで被って
待っている
君の凍った靴の先は
私の部屋へと向かっていた
少し前までは

雪は朝方にはなくなるのでしょう
ずっと逆のことを考えていたい
越冬するよ　この部屋と一緒に

毎日

つまらないんだよねぇ
これからどうしたらいいか
考えているんだ
何だか
トイレに行きたくなってきた

僕の必要性ってなんだろう
いろんな人達の発言の中に
自分を見つけ出そうとする
そんな簡単にわかってたまるか
と　どこかで根強く
そう思っている

なかなかトイレから出て来られない僕
外はこんなにも晴れて
穏やかな　日中なのに
個室の中に
ひっそりと
たたずんでいる

かつて

その昔
休み時間になると
職員室の横の公衆電話に向かって
廊下の奥までダッシュして行った
既にできている行列
プッシュボタンを叩く指先
そのスピードと暗号を
今でも記憶してる

やがて
アナログな時代は去り
人が吹き込む雑音を耳にし
口にすることが増えてくる

そして
情報は溢れ返り
通過して行く膨大な
記録はフロッピーの中に

キーを叩く音だけが
今も続いているよ

かつて
ピアノを弾いていた指先
覚えている?
一度経験した引っかく音は
脳の回路に　今も
残っているはず

潜在意識のどこかに
あなたの心のどこかに

リアル

心をつぶしてるの
もう　苦しまないように
外側だけでも
〝キレイ〟でいたいから
他人《ひと》は逆だっていうけれど
何も感じなければ
海の底に沈められたって
森の奥深くに埋められたって
残骸は醜いだけ
それでいいの
誰も止めてはくれないのよ

たくさん
たくさん

もがいてた

私は外側を捨てたりしない
拾ってくれる人が
けっこういるから
だから　心をつぶしているの
その方が　便利なんだよ
と　教えてもらったから
実行してるだけ

人のざわめきが
耳から離れないの

いつもそこにいるわ

街角の雑踏に
　消えそうになっても……

そこのねこ
めをむいて
こっちをみてる
もうすこしで
びぃだまが
ころげおちそう
さっきまで
とけそうになって
ねむっていたのにね

そこの猫
眼を剥いて
こっちを見てる
もう少しで
ビー玉が
転げ落ちそう
さっきまで
溶けそうになって
眠っていたのにね

俺の昼

シャーペンの先がボキッと折れてさぁ
夢から目が覚めた
そうか俺は受験生
ノートによだれの跡が染み込んでいた
慌ててノートを裏返す
よかった、ほっ。
あの子から借りたノートは
俺の参考書の下敷きになっていた
エアコンの効き過ぎのこの部屋で
かなりの間　爆睡していたらしい
ぶるるっと　犬みたいに身震いして
ベランダの窓を開けた
むわっと　熱い気の固まりみたいな空気が
俺に向かって入り込んできた

くぅ〰〰　何だかクラクラするぜ
堪らない気分になって
俺は着ていた赤いTシャツを脱ぎ
真横のベッドに　投げ捨てた
団地の緑が消毒された
あの匂い立つ風が、俺は嫌いだ
あぁ　早く　梅雨が来て
すぐ終わり　初夏よ去れ
箱ブランコのキィキィ鳴る音と
子供の騒ぐ声が耳障りだ
〝バカヤロー〟と外に向かって
団地中に響いた、俺の叫び声は。
ピシャリ。と窓を閉めて
さぁ　もうひと踏んばりだ

あたしの朝

つやつやの緑の葉っぱから
雨粒がするするっと
滑っていって
今日もこの街の一日に
始まりが来たのでした
　ポタン…

あたしが
犬の散歩をしていると、向こうから
自転車にまたがった中学生が
部活の朝練に行くみたいで　すごいスピードで
歩道の水たまりを蹴散らしていった
バス停ではＯＬが
缶コーヒーで両手を暖めながら

花曇りのなか　遅れてくるであろう
バスを待っている
駅に向かって歩いて行けば
サラリーマンが足早に煙草を吹かして
あたしたちを追い越していった
家路に引き返す　あたしの足取りも
リズムを刻みながら
強制的に早くなってくる
あと十五分もしたら
小学生のいつもの集団とすれ違うかも。
あの子たちが　うちの犬にかまってたら、
あたしが朝ドラを見逃してしまう確率は高い
あっそうそう
家に入る前にゴミを出さなきゃね
近所のおばちゃんが
ビンとカンをガチャガチャと
仕分けしているのが見えた

犬に水とエサをあげて
花と植木にも水をあげたら
冷えた井戸水で手を洗って
　さぁ家に入ろう

アート・ミュージィアム

私がとばされていく
私がもうすぐ
吸い込まれて
とばされた先の　地上から
消えていくことになっても
あなたと　同じ地に
両足を着いていた
あの頃を忘れないでいて

風は強く
すぐ近く
耳元で

どこかの国旗がバッタバッタと

はためき翻っているが
通り過ぎ
かもめの群れに囲まれて
飛び魚やイルカを追い越し
深い海の上を　空中競歩して
急いで歩いて行く私

変な夢だと思ってる
ここには
言語はなくて
ただ　ひとりの人間の
呼吸する息づかいと
植物の心根と
動物達の共栄が
皮肉にも　美しく調和された
ひとつの絵画となって
飾られていたのだ

サイン

ある男が記した
名前を綴ってあるだけの
色紙を
その人は愛おしそうに
胸に抱いていた

インクの滲んだ跡を
紙に焦がされた匂いを
重い存在のように感じとって

その人自身が
あんまりにも
儚く　哀しげに
遺影を掲げている

額縁に見えた
ある男の記憶には
何も　引っ掛かりさえ
していないだろうに

ブラック・トレイン

冬に還ったあの日
はらはらと滑り落ちていく
雫をのむことができなくて
チューブトップで
肩なんか出した格好で
ミニスカートに
ピンクのミュール
家になんか帰れないよ
きっと目もあてられないという感じで
小言をぶつぶつ言われるだろう
ガタンゴトン
誰もが家路に急ぐ顔に見えた

揺られながら

うつむいて震えてる
この中は
夜七時頃の車内では
どの人も皆
拳の中に懐中時計を持っていて
或いはカバンの中に
隠し持っている人もいるようだ
カチカチカチカチカチ
この時をやり過ごしたい
この瞬間を通過させて
早く　早く　次の場面《えき》へ！

今日、恋を失くした私の手の中にも
誰かが　ぎゅっと
懐中時計を握らせてくれた
そんなこと　私は

まるで望んでなんかいないのに
ここの車両《せかい》ではそう見えるらしい
皆が一斉に
次へ進みたがっている

けれども　今日の私だけ
時が止まっていた
初夏という季節さえ巻き戻して
外れの駅に下車していった

止まぬラヂオ

なつかしい
夕暮れ時の
あのメロディー
落ちていく
太陽の
真っ赤な色を
歌っている
オルゴールのように
名曲が廻り続けて
お弁当を食べる前の
園児たちの歌声や
故郷を恋し煩う
望郷の唄

けれど今は
真夜中の午前三時
止まぬラヂオは
老婆の耳元で
切なく　懐かしく　美しく
そして　悲しげに
響き続ける

誰が老婆の回顧を
止めることができるだろう
決して手に掛けられることもない
この止まぬラヂオよ……

水の中で

耳の奥に水が入ってしまったような気がした
その床を這って　どこへ向かう?

四角い水槽の中で
金魚鉢の中で
バスタブの中で

広い空間と狭い空間を交錯しながら
進んでいって
このまま夜明けまで
潜水をやめないで

水を伝わる声と音を聴き分けて

まだ何も知らない
何も感じていなかった頃に
ゆっくりと戻っていっている

カラッポになった身体に
水圧だけが　重くのしかかって

水音を聴いていよう

いつか
朝日が迎えに来たとしても
しなやかな　その肉体は
浅瀬に乗り上げたりはしない

ここは四角く囲まれた場所

深く潜って
息をひそめて
感じていよう

この水の中で

花束

うれしくって
悲しくって
苦しくって
それらが全部
合わさった
花びらたち

まとまりたく
なんかないよ
でも　その気持ち
受け取ってあげて
そうしないと
先には進めないだろうから

花束に
ぎゅっと
鼻先を押しつけて
匂いを嗅いでみた
何度も
何度も

留萌の海

バイトが早くおわったので、四人で海へ向かった
カーナビも付いていない車で、夜の道を三時間以上も
必死に走り続けた。
途中、何度か携帯電話から　留萌への道を聞いて
真っ直ぐに進もうと、海岸沿いを走り続けた

今では　もうその時々の一コマ一コマを
私は細かく覚えてはいない
ただ　留萌の海に着いてから
コンクリートの壁を飛び降りて、靴を脱ぎ
ジーンズを膝までたくし上げて、青黒い海へ向かって
駆けていって、冷たい海水に足を沈めた
それから
コンクリートの段々の方へ戻って

皆でお菓子をつまんで、くだらないお喋りをしてた

広いコンクリートの階段には
月の光が射していて、その上でそれぞれが
ポーズをとって　パシャパシャ
インスタントカメラで写真を撮り合っていて
次の日のことなんか考えてない
夢のような瞬間だった
あれは二年前の夏でした

夏のカケラ

火を点けると
あなたの足元に　ちょうどタイミング良く
ポトン・と
煙草の吸い殻が落とされたところでした
彼は砂の小山をつま先で崩して、
せっせと埋めていました
崩れた砂山の間からは
貝殻のカケラ
線香花火の残骸
ペットボトルのキャップ
なんかが出て来てしまいました

夜の砂浜
波はシュールな音をたてながら

こちらに近づいて来るようです
私の口から勝手に「ザザァーン、ザザァーン」
波音のＢＧＭが流れ出します
彼は
私の手の中で点いている火を見つめると
もう一本　煙草を取り出して
そっと　近づけてきました
その瞬時
私は素早く火を吹き消してしまいました
彼は　あっと言って、少しのため息をつくと
あきらめたようで
砂まみれのビーチサンダルを　その場に残し
波の方へ駆けて行き
自分がこの満月の夜に
いかにも海にさらわれて
消えてしまうようなパフォーマンスをして、
私を笑わせようとしているみたいでした

私はそんな彼の姿に、プイと背を向け
砂山から出てきたものたちを
両手にかき集めて
彼の帰りを待っていました
やがて
誰も見てくれない遊びに
あきてしまった彼が
私の元に戻って来たので

このひと夏限定の宝物を
私は彼に手渡して差し上げましょう

原動力

逢いたい
この人に逢いたい
だから　私は
ずっと　書き続けるんだ

包み紙を開いたら
懐かしいフルーツの
香りがした。

カラオケＢｏｘ

家に帰りたくない
まだまだ残暑が続いてる
バイトもない
退屈な土曜の午後
ファーストフード店で
ずっとたわいもないことを
喋り続けようと思ってたけど、
まわりの空気も
自分達と同じ　人間だらけ
そんな場所よりはマシと、
今日もカラオケＢｏｘに入る
ここでは、いつもの堂々巡りなおしゃべりは
しなくてよろしい
たまに　自分が歌おうとしてた新曲を

他の友達にとられちゃったりするけど、
適当な相づちを打って
体をちょっと揺らす動作をしてみたりして
「あなたの歌を　無視しちゃいないよ
聴いているよ
私はあなたたちと　一緒の空間に確かに
存在しているから　大丈夫」
と、示していればいいのだ
その辺に漂ってさえいれば
曲は切れ間なくかかるし
いちいち話題を提供する必要もないもんだ
楽な場所ってあるんだね
今日も、勝手な妄想にふけるよ
皆も　きっとそう。
冷房が多少、効き過ぎて
ぶるぶる震えてきても
アイスティーを　ひと口飲み込んで

一息　吸い込んでから
めいっぱい歌うんだ
退屈をしのぐためなら
これくらい　どうってことない
そんなんで　三時間も四時間も
飛んでいられるんだから

私たちには
掃いて捨てられるような
怠惰な時間と若さを
持て余すほかないんだ

ノド

なにかに
触発されたとき
人はかなしみを
伝えたがっている
よろこび　を　発掘したくて
伝えたがっている
こころのなかは
ゴロゴロと
ダイヤモンドの原石で
いっぱいなんだ

なにかに
触発されたとき

わたしは
たまらなく
言葉を
放出して
なにかを
つかみたくて——

今の時代って
人とか物事とか
表面的な明るさの中に
暗さが見え隠れするっていう人いるけど
あたしは
全く　その逆のような気がする
暗い中を生きているから
たまに
明るいひとさじ位しかない光が
差してきたり
見えなかったものに
一瞬だけ
スポットライトがあたって
その限られた明るさを見るために
暗い海を泳いでいるんでないかなァ？

まるで
アンコウみたいに。

トポトポと
熱い紅茶を
注いでくれます
午後のマダムは。

強い日差しを
白いレースの
カーテンを引いて
遮って
くれます
わたしなどは
名も知らぬ
花が
一輪
目の前の
テーブルの
花瓶に
挿してあります

美しい
上品で
のどかな
空気が
流れて
います

一体　どの辺りで
悩みを
打ち明けようかと
何度　熱い紅茶を
喉に通したことか
全ての　タイミングが
良すぎて

ケーキが運ばれてきました
ここは　マダムの
城なのでございます
冷や汗が
ながれてきます

黒猫が
わたしの
足元に
ちょうど
まとわりついて
きていたのです

誰か歌ってください

苦しいまでの欲望と
見事に咲き拓いた向日葵
太陽を巡って争う光の下《もと》
あぁ　眩しさを反射させて
この身を輝かせるもの
打たれて　焦がされた
醜いココロと
どんな風に思ったのでしょうか
客観的にも　主観的にも
なれないなんて
真っすぐに見ることが
できないなんて

吸収するばかりのもの
あぁ　黒点になりたくて
波打つ脈　閉じこもる殻
日に晒されているのは
向日葵だけでいい
見透かされた　私の欲望
筆《ペン》を持つ手が微かに震える

あぁ　メロディーにせかされて
喉が鳴るの
書き記された
文字だけでは
苦しい

誰か歌ってください
こんな詩《うた》を

誰か歌ってください
誰か歌ってください
声に出して
窮屈な場所から
解き放ってよ

記号 ～あんごう～

わけがわからないというだけで
すてられてしまった
かなしいししゅう

このいっさつに
あなたが
どれだけの
アイをそそいだか
しっているのは
わたしだけ

わたしだけに
むけられた
ほかのひとたちには

郵便はがき

恐縮ですが
切手を貼っ
てお出しく
ださい

1600022

東京都新宿区
新宿 1－10－1

(株) 文芸社

ご愛読者カード係行

書　名				
お買上 書店名	都道 府県　　市区 郡　　書店			
ふりがな お名前			明治 大正 昭和　　年生　　歳	
ふりがな ご住所	□□□-□□□□			性別 男・女
お電話 番　号	（書籍ご注文の際に必要です）	ご職業		

お買い求めの動機

1. 書店店頭で見て　2. 小社の目録を見て　3. 人にすすめられて
4. 新聞広告、雑誌記事、書評を見て（新聞、雑誌名　　　　）

上の質問に 1. と答えられた方の直接的な動機

1. タイトル　2. 著者　3. 目次　4. カバーデザイン　5. 帯　6. その他（　　　）

ご購読新聞	新聞	ご購読雑誌

文芸社の本をお買い求めいただき誠にありがとうございます。
この愛読者カードは今後の小社出版の企画およびイベント等の資料として役立たせていただきます。

本書についてのご意見、ご感想をお聞かせください。 ① 内容について
② カバー、タイトルについて
今後、とりあげてほしいテーマを掲げてください。
最近読んでおもしろかった本と、その理由をお聞かせください。
ご自分の研究成果やお考えを出版してみたいというお気持ちはありますか。 ある　　ない　　内容・テーマ（　　　　　　　　　　）
「ある」場合、小社から出版のご案内を希望されますか。 する　　しない

ご協力ありがとうございました。

〈ブックサービスのご案内〉

小社では、書籍の直接販売を料金着払いの宅急便サービスにて承っております。ご購入希望がございましたら下の欄に書名と冊数をお書きの上ご返送ください。（送料１回380円）

ご注文書名	冊数	ご注文書名	冊数
	冊		冊
	冊		冊

むだなことばの
かずかず…
いつも
よゆうのない
あなたが
じっと
ひとりのたいしょうだけを
みつめて
かきつらねてきた
わたしとあなたのれきし
わたしと
あゆんだ
ひそやかな
ものがたり
あなたが
きえて
いなくなった

いまも
むねに
きざんで
わたしは
いきているよ

ウズク

爪跡
引っ掻いて
離れない
悲しい性
全てのことを
知り尽くせないで
きっと
このまま
闇の中
血が滲んで
くるから
楽しくて
たまらない
こんな私に
誰がしたの？

そよ風　吹いた

たぶん　あなたじゃなくても
木陰に腰をおろして
休んでいたら
ふわっと　浮いた風が
こっちに向かって来たら
本のページが　めくれたと
思っているでしょうよ

長閑かな午後しか映らない窓
木漏れ日が差してきて
自分は外に出ていないことに気づく
退屈な授業
チョークの粉が舞っていて

晴れているのに
蛍光灯の下で　ノートを広げてる
この不自然さ
いつも　瞼の上をちらつくの
ちょうちょう
てふてふ
ミツバチ
チューリップ
春満開の頭の中で眠りにつく
（先生、どうか　起こさないであげて☆）

ニュース

かれこれ
何年も前の話に
なってしまいました
どうして
過ぎて行くのか
私だけその頃に
取り残すなんて
できないのでしょうか

部屋の奥に
　閉じ込めて——

Closed door

キィキィキィ
うるさいよ
ドアを閉めに階段を
　　駆け下りてく

キィキィキィキィ
耳障りだ
誰だ、
（心を）Open the door!
なんて言ってくる
ありきたりな奴は。

例えごっこ

いろんなパターン
いろんなアレンジ
でも　結局
いつでも
伝えたいことは同じ

ありふれた文字
ありきたりな言葉
小気味いい
斬新なメロディーに乗っかって
街中に流れてる
もう　うんざりだよ
足並み揃えて
皆が共感できれば

いいの？
そんな私の叫びも
限界きてるのか
過去にプレイバック
並べ替えて
ニュートラル
また新しくなった
Now on sale.
Sold out！
同じ気持ちで
寄り添いたくて
例えたら
キリがない
このイメージ
このカンジ
本能に
ぶつかって

ただ
浸りたいだけ
浸っていたいヒトタチ……

自分を異端だと思えたならば
（本当は）しあわせだよね
それは　きっと
人間の本能としては
大勢の中に埋もれて
終わりにしたくはないだろうから

私は　ここにいると
いつも　静かに願ってる

背中

父の背中でも
母の背中でも
恋人のでもない
思い出すのは
おじいちゃんの背中

あの日
病院から外泊許可が出て
家に帰って来られた彼は
おばあちゃんが止めるのも
私の心配も振り切って
二階の私の部屋に
階段を上がって行った

どうしても
やり残しておけないことが
彼にはあって
それは　私の机を組み立てることだった
彼の釘を打つ
金づちの音が部屋中を
振動させる度に
階下にいるおばあちゃんは　きっと
ひやひやしていたに違いない

陽の射し込む部屋で
私と彼は　沈黙を守り
　釘を打ち
　ネジを差し込み
　ヤスリをかけた
私は傍らで作業に集中している振りを
しながら

彼の背中を
じっと見つめていた

この空気を
私は勝手に
胸に焼きつけようとしていた
ただ　否定することもできずに

そして
「せーの」の掛け声で
板を持ち上げ
机は完成した

あの時の机は
引き出しが壊れて
今は　新しい机に代わっている

ごめんね、おじいちゃん
だけどあの時　一緒に作った
椅子に座って
私は詩を書いているからね

なんか忘れてる

ほんの数秒前まで頭の中心にあった
なんだか重大なような
そうでもないようなことを
忘れている

そわそわしながら
落ち着かない気分で
鞄を開けて中身を出した
スケジュール帳をめくり
携帯の受信メールを確認し
財布の中の領収書を眺め
化粧ポーチを振ってみる
違う、そんなんじゃない
周りを見渡してみても

自分の手元・足元を見ても
思い出す気配がない

なんだか　その内に
無理に思い出さなくても
いいような気がしてきた
忘れてる方が幸せなような
この曖昧な気分が
平和なような

桜

ぴんくに彩られた季節
思い出すこといっぱい
立ち止まって見上げること
たくさんあった
散っていく先に
私はどこへ向かうんだろう
あんまり　あっけなく　なくならないで

「たたた」
たたたと音がした
誰かがこっちへ向かってくる足音
握手をする夢をみた
ざらざらの手　つめたかった

何で桜の木を見ると
学校の四月しか思い出せないんだろう
車で通過しても　電車から見つけても
制服を着ていた頃しか……

私は始まるしかないのかもしれない
同じ繰り返しの必要がなくなった今日

オレンジ

いつも気がつくと
握りしめてる
一個のオレンジ
元気がなくなりかけてるとき
気力を失って倒れそうなとき
求めてるパワーが
そこにある
おきゃんな果物
林檎みたいに
かじりつきたい

ねじれたら
ねじれた分だけ
ちぎれそうになる

元に戻れたら
ねじれたあとが
いたがゆくて
いたがゆくて

ねじれた分だけいたがゆくて

治まるまで
しばらく
ねんどばこに入っていようと
おもう

時空

あの時のことを
感じたくて
虚空を掴んで
離せなければ
いいと思ってた

あの時の
あの頃の
あの瞬間の
私たちは
浮かんでは消えていく
思い出せても
もう　それ自身にはなれない

そんな　たくさんの
残像を心に染み込ませて
これからも
歩いていこうよ

あとがき

私が本格的（!?）に詩を書き始めたのは、昨年の春頃からでした。この詩集の中には、十代の終わりくらいに、誰にも見せることを想定せず自分のためだけに書いた詩がいくつか入っています。

約三年ぶりに、当時書いた十編にも満たない詩をノートに書き写しているうちに、また詩を書いてみようかなと思い始めたのでした。

こんなふうですから、私は昔から詩を書き続けていたわけではありません。ほとんど今年に入ってから創作したものばかりです。

詩については学校で習ったくらいで、なんの知識もなかった私ですが、ノートに書きためていくうちに、少しずつ詩の雑誌や詩の本を読むようになりました。

小さい頃から本を読むのが好きでしたが、まさか自分が詩を書き始めてすぐに、本を出せることになるなんて思ってもみませんでした。文芸社のスタッフの方々と両親には、感謝の気持ちでいっぱいです。

あとがきというのはどうも苦手です。くどくどと書いてしまいましたが、詩についてはあえてここでは説明しないでおこうと思います。
あなたの感受性と想像力にゆだねたいと思います。

伝わりますか?

二〇〇二年三月

著者

著者プロフィール

内野 里美（うちの　さとみ）

1979年（昭和54）生まれ。
埼玉県出身。
獅子座 O型。
県立狭山清陵高校卒業。
現在、千葉県在住の22歳。

紺のしずく

2002年 3 月15日　初版第 1 刷発行

著　者　内野《うちの》 里美《さとみ》
発行者　瓜谷 綱延
発行所　株式会社 文芸社
〒160-0022　東京都新宿区新宿 1-10-1
電話 03-5369-3060（代表）
03-5369-2299（営業）
振替 00190-8-728265
印刷所　株式会社 平河工業社

ISBN4-8355-3482-4 C0092